Altas dosis de protección

Millonarios de Manhattan

Elsa Tablac

Published by Elsa Tablac, 2023.

Altas dosis de protección

Millonarios de Manhattan #3

Elsa Tablac

CAPÍTULO 1

H UNTER
Mi superior me pasó una carpeta con la documentación correspondiente a nuestra próxima clienta, y en cuanto vi la foto de Kelly Fitzpatrick me alegré de que este trabajo durase solo una semana.

—No es solo una niña rica más —me dijo el jefe mientras me observaba atentamente—. Es la hija de Clayton Fitzpatrick.

Joe me miró, esperando una reacción algo más expresiva por mi parte.

Como si no me conociese.

Hace cuatro años que trabajo para él, en la agencia de seguridad Stradenski, y soy a quien asigna los encargos más complicados. Revisé de nuevo aquellos papeles, buscando exactamente dónde estaba la dificultad.

Nos dedicamos a la seguridad personal. No somos simples guardaespaldas, aunque eso es exactamente lo que busca la gente que nos contrata. También asesoramos a personas que por un motivo u otro se sienten amenazadas.

Me encogí de hombros. No tenía la menor idea de quién era ese tipo.

—¿Clayton Fitzpatrick?

—Un alto cargo de Naciones Unidas. ¿No te suena su historia?

Negué con la cabeza.

—Sabes que mi día a día es mucho más fácil si no lleno mi cabeza con las malas noticias con las que nos bombardean continuamente en los medios—contesté.

Joe suspiró. Se levantó de la silla que presidía sus despacho, el mismo que mis compañeros y yo llamábamos "el salón del trono". Allí acudíamos cuando terminábamos un trabajo y se nos asignaba otro de manera casi inmediata.

De todas formas, para mí aquella conversación no tenía ya demasiado sentido. No desde que vi la imagen de Kelly Fitzpatrick entre aquellos papeles, la mujer a la que tendría que proteger durante una semana, exactamente el tiempo que duraría la Semana de la Moda de Nueva York.

O debería de decir *cría*.

—¿Cuántos años tiene? —le pregunté a Joe.

—Veinte.

Respiré aliviado.

Al menos es mayor de edad.

Y eso era problemático, porque siempre había cumplido a rajatabla mi regla personal número uno (y también la de la empresa a la que represento): nunca, bajo ningún concepto, desarrollar una relación de tipo personal con una de nuestras clientas; las mujeres que por un motivo u otro necesitaban nuestra protección.

No es una norma original.

Supongo que la siguen más del noventa por ciento de tipos que se dedican a este negocio.

Y para mí nunca ha sido difícil, dado que desde mi divorcio, hace ya cinco años, había decidido tomarme un tiempo alejado de las mujeres. Una temporada larga, muy larga. Y casi sin darme cuenta ya había pasado un lustro y había acordado —y celebrado— conmigo mismo que aquel periodo de sequía pacífica y voluntaria iba a alargarse indefinidamente.

Lo cual no quiere decir que muy de vez en cuando no sea consciente de ciertos *anhelos*. Y la hija de Clayton Fitzpatrick encajaba perfectamente con ese reducidísimo número de mujeres que me hacían replantearme mi celibato.

Era una chica bellísima.

Y solo había visto un par de fotos.

¿Sería así en la vida real?

—¿Y por qué solo una semana? —le pregunté a Joe.

No era común.

No era nada común proteger a alguien durante un tiempo tan corto.

Por lo general nos contrataban para periodos de entre seis meses y un año, y en muchos casos esos trabajos se alargaban si al cliente le gustaba la protección que se le ofrecía.

Pero, ¿una semana?

Joe me miró.

—No sé si puedo contar mucho sobre esto. Lo que los Fitzpatrick han querido compartir está ahí —dijo, señalando la carpeta.

—Oh, venga ya, Joe. Necesito estar al tanto de todo. Esos eventos de moda son difíciles de cubrir. Mucha gente, muchos escenarios. Además, supongo que trabajaré solo, ¿no?

Coloqué de nuevo la carpeta sobre la nueva clienta encima de la mesa. Los informes de Joe eran verborreicos, innecesariamente largos y detallados. Prefería los que nos pasaba la secretaria de la empresa, Joanne, que en esas fechas estaba ausente, pues acababa de tener un bebé.

Joe se aclaró la garganta antes de hablar.

—Clayton Fitzpatrick, el padre de nuestra clienta, fue retenido durante diez días en un almacén de mala muerte en Buffalo. Lo secuestraron. Hará unos dos años de esto. La historia fue muy sonada porque el perpetrador del secuestro fue un director de cine frustrado que perdió la cabeza. Se dijo que escogió a su víctima prácticamente al azar. Ni siquiera se molestó en pedir un rescate. A Fitzpatrick, por suerte, lo localizó el FBI en un momento en el que el secuestrador bajó la guardia. Se encontraron con que el tipo estaba rodando una película sobre su propio delito. Una especie de documental...En fin, una cosa demencial.

—Vaya. No recuerdo esta historia. Y eso que parece bastante sonada.

—Lo fue. En su día.

—Supongo que sucedió durante mi etapa en Washington —contesté—. Entonces, la protección para la señorita Kelly, ¿fue idea de su padre?

—Eso no puedo precisarlo. Lo cierto es que después de lo sucedido, Fitzpatrick empezó a sobreproteger a sus hijas, aunque ambas ya eran mayores de edad cuando aquello sucedió. La familia vive en Manhattan; en una especie de fortaleza construida en un ático del Upper East Side. Y Kelly, la hija pequeña, y a la que tendrás que acompañar en una semana es *influencer*. De ahí que requieran nuestros servicios. Parece que la chica finalmente se ha animado a salir de casa.

Creo que pestañeé más veces de las necesarias. No entendía muy bien qué me quería decir Joe. Pero eso no era ninguna novedad. La comunicación verbal no era uno de sus puntos fuertes. Me levanté, cogí de nuevo la carpeta con las coordenadas del encargo y me dispuse a abandonar el despacho.

—Veamos —dije, a modo de resumen, y también de despedida—. Kelly Fitzpatrick, veinte años. *Influencer.* La recojo mañana en casa y coordino con ella las horas exactas en las que me necesitará.

—Exacto. Está invitada a varios desfiles de moda a lo largo de la semana. Simplemente tendrás que asegurarte de que llega a casa sana y salva al final del día. No estoy seguro de si saldrá los siete días. O los seis días. Háblalo con ella. Cualquier cosa o duda, habla con Joanna.

—Joanna está cuidando de su bebé. Me temo que no está disponible aún para nosotros.

El jefe me miró como si no supiese de qué le hablaba. A veces me pregunto dónde tiene la cabeza y cómo ha conseguido sacar adelante su negocio.

—Oh, cierto.

—No conviene que la molestemos con asuntos de trabajo.

Me miró, resignado. Supongo que por fin se había dado cuenta de lo mucho que la necesitábamos. Su trabajo a veces pasaba demasiado desapercibido, por el simple hecho de que no la veíamos en nuestro día a día, cuando ella se quedaba en la oficina atendiendo una gigantesca carga burocrática y nosotros, los guardaespaldas, nos dedicábamos a seguir a nuestros clientes allá donde querían.

—Todo claro —dije—. Hablaré con la clienta. Supongo que es mejor que la llame y...

—No. Nada de llamadas —Joe me cortó de forma tajante, y bastante enigmática, debo añadir.

—¿Por qué? Es el protocolo habitual para...

—Como te decía, no es una niña rica más, Bowman. Recógela el día y la hora que te indica en el informe, que es exactamente dos horas antes de que empiece el evento al que asistirá esa mañana, y que también es en Manhattan. La familia tiene coche y chófer propio, y están a tu disposición durante toda la semana. Ahí dentro también está el contacto del chófer.

Abandoné el despacho de Joe Stradenski con más preguntas que respuestas, pero con una sensación de satisfacción algo extraña e incómoda. Por aquellas fechas no estábamos precisamente sobrecargados de trabajo. Saliendo de una pandemia, tal y como estábamos, todo apuntaba a que los millonarios que nos contrataban no estaban aún por la labor de dejarse ver en el mundo exterior. Eso implicaba que tenía varios compañeros que, como yo, estaban a la espera de nuevos clientes.

Y sin embargo había sido yo el afortunado que había conseguido a Kelly Fitzpatrick. Me extrañó, la verdad. No era común que Joe me asignase a una chica tan joven y tan innegablemente atractiva.

Ese día me fui directo a casa, al pequeño apartamento que había alquilado en el Soho cuando llegué a Nueva York, justo después de mi divorcio. Pensé que un cambio de aires me iba a sentar bien. Me gustaba el anonimato que ofrecía una ciudad tan monstruosa y contundente. Algunos periodos de tiempo había tenido que trasladarme a Washington por trabajo, así que no había tenido ocasión de cansarme de Manhattan. Todo llegará, supongo.

Abrí mi ordenador portátil y estudié con detenimiento las redes sociales de Kelly Fitzpatrick.

Apenas tuve que ver dos o tres fotos más para constatar que sí. Era condenadamente bella. Podría ser mi perdición, la excepción a mi regla de oro. Y empecé a trazar en mi mente un plan silencioso, maquiavélico y con total seguridad imposible.

Pero soñar es gratis. Y yo llevaba demasiado tiempo sin un sueño que perseguir.

No podíamos establecer relaciones personales con nuestros clientes, no.

Lo tenía muy claro.

Lo que sí podía hacer era, simplemente, esperar a que ya no fuese mi clienta. Y eso sucedería exactamente en ocho días.

Esta chica ha despertado a la bestia, pensé. ¿Es posible enamorarse mirando una simple fotografía?

Y no exactamente una foto.

Docenas de ellas. En su perfil de Instagram.

Tenía más de noventa mil seguidores.

Hubo algo que me llamó la atención enseguida en aquellas fotos en la que una estilosa Kelly Fitzpatrick, con su larga melena oscura, un innegable porte de modelo y, diría, bastante elegancia, posaba mirando a la cámara.

Todas estaban hechas en el interior de una lujosa casa.

No había ninguna al aire libre.

CAPÍTULO 2

K ELLY

—Por supuesto que entendí la gravedad de la situación. No soy idiota —le dije a mi madre, quien me observaba por encima de sus gafas de lectura.

—Y aún así, ¿quieres acudir a esos desfiles?

—Mamá, es mi trabajo.

Mi madre se rio. No, definitivamente no me tomaba en serio. Había pasado horas intentándole explicar los vericuetos de mi profesión, o al menos la que quería que fuese mi profesión.

—No hay nada bueno en las redes sociales, eso es todo. Es lo que pienso. La gente como nosotros no necesitamos aparecer en Internet. No nos conviene, de hecho —me había dicho mamá en más de una ocasión.

Sabía muy bien que intentaba protegerme, que trataba de retrasar al máximo el momento en el que yo decidiese "abandonar el nido" definitivamente. Pero las cosas habían sucedido prácticamente solas. Después de lo que le sucedió a mi padre, de aquel secuestro extraño y traumático, mi familia se había vuelto mucho más recluida.

Y yo hacía soberanos esfuerzos por encontrar mi lugar en el mundo y comunicarme con él. Y las redes eran la ventana que me lo había permitido.

Me levanté del sofá y di un paseo por la biblioteca, sin duda la habitación de la casa en la que mi madre pasaba más horas. Era una lectora empedernida. Y siempre había disfrutado del mayor de los lujos: el tiempo libre.

—Aunque tenga en cuenta tu opinión, que la tengo, ya está todo en marcha, mamá —le dije, tratando de conservar hasta el último resquicio de mi paciencia—. Coche preparado, chófer, invitaciones listas a los desfiles que más me interesan, *front row*, nada menos. Incluso he aceptado esa absurda imposición del guardaespaldas.

Clavé la mirada en la de mi madre para subrayar esto último.

—Eso no era negociable, ya lo sabes. Mientras sigas viviendo con nosotros, debes salir acompañada, Kelly. No vamos a permitir otro percance serio como el que ya tuvimos hace dos años. Y no, tus amigas en este caso no son una opción. Para un evento de las características de la *Fashion Week*, con tanta exposición y tantos asistentes, necesitamos que estés acompañada a la salida de cada desfile.

Resoplé. En fin. No iba a discutir más. Su casa, sus normas, ese era el resumen de todo. Y no. En absoluto me había olvidado de lo traumático que había sido el secuestro de papá. Tenía que acatar, hacer lo que se me pedía. De todas formas, si todo seguía yendo igual de bien que hasta entonces, pronto podría marcharme de casa. Pero ese era otro tema que no me convenía sacar en ese momento.

—Debe estar a punto de llegar, ¿no?

Mi madre desvió la mirada del libro que estaba leyendo, como si ya hubiese dado por terminada nuestra conversación.

—¿Qué?

—El guardaespaldas.

Consultó su reloj.

—Le pedí que llegase dos horas antes.

—Mamá, ya es bastante traumático para mí tener que pasar una semana acompañada por un extraño, siguiéndome a todas partes, para que encima pretendas supervisar toda la operación. No es necesario. Yo misma le atenderé y le pasaré los horarios en los que tengo que...

En ese preciso instante, sonó el timbre.

—Parece que ya está aquí.

Dios mío, y yo aún no había terminado de vestirme con el modelo que me habían enviado desde la oficina de prensa de Bursia, la diseñadora a cuyo desfile asistiría en solo cuatro horas.

Salí de la biblioteca y atravesé el largo pasillo que la conectaba con el vestíbulo del gigantesco ático en el que siempre habíamos vivido, una herencia de mi abuelo, Willis Fitzpatrick. Nuestra casa era tan grande que podían pasar días sin que viese a mis padres, a pesar de que vivían allí y salían poco.

El timbre sonó una segunda vez. *Impaciente*, pensé. El portero del edificio sin duda habría identificado a la persona que venía, y que habían enviado desde la empresa de seguridad Stradenski.

Obviamente, no estaba preparada para encontrarme con Hunter Bowman en ese instante.

Y no me refiero a que estaba a medio vestir, prácticamente, con una camiseta blanca y ancha perteneciente a mi arsenal de pijamas y una de las preciosas faldas de la nueva colección de Bursia, ya colocada.

Me refiero a que no estaba preparada para encontrarme con un hombre así.

Con esa mirada fría y penetrante, de esas que te analizan a ti y a tu aura y extraen todas las conclusiones correctas en apenas unas décimas de segundo.

Y su voz, densa y grave, no iba precisamente a apaciguar el ritmo cardíaco que acababa de desbocarse en mi interior.

—Vengo a ver a Kelly Fitzpatrick —dijo.

A ver a Kelly Fitzpatrick. *A verme.*

—Soy yo. Pasa por favor —me sorprendió mi tono de voz frío y desapasionado, tan en contraste con el torbellino que me estaba recorriendo al ver a aquel hombre en mi puerta.

Supongo que aún me pesaba esa continua discusión en la que vivía sumida con mi madre y que siempre rondaba los mismos temas: redes sociales, protección, los peligros de la ciudad y del mundo en general (hombres incluidos) y, muy especialmente, mi futuro profesional. Según ella, yo *no* necesitaba trabajar.

Las mujeres de esta familia no necesitan trabajar, Kelly, solía decir.

El guardaespaldas se detuvo en mitad del vestíbulo.

—Espera un segundo —dijo—. ¿Ni siquiera me preguntas quién soy?

Me desconcertó. Parecía molesto.

Lo que me dijo a continuación me puso los pies en la tierra de nuevo. Al instante.

—Es que no hace falta —contesté—. No espero a nadie más que a la persona que debían enviar de la empresa de seguridad de Stradenski. Al *guardaespaldas.*

Pestañeó. Parecía sorprendido o desubicado.

Me temo que no estamos empezando con muy buen pie, pensé. Y eso me inquietaba.

—Lo que quiero decir, Kelly, es que no has comprobado mi identidad.

—¿Cómo te llamas?

Sonrió levemente. Y eso me alivió.

—No me refiero a eso. Pero ya que lo preguntas, mi nombre es Hunter. Hunter Bowman.

Miré hacia arriba, esperando alguna señal, algún indicio del protocolo que debía seguir con él.

—Yo...lo siento, señor Bowman. Es la primera vez que me va a acompañar un...una persona de seguridad.

—Está bien, Kelly. Te explicaré cómo va todo. Es muy fácil. ¿Hay algún sitio donde podamos hablar tranquilamente?

Estábamos rodeados de tranquilidad, pero en ese preciso instante oí un carraspeó a mi espalda. Hunter miró por encima de mi hombro, tratando de ubicar la nueva presencia. Era como si su trabajo hubiese empezado en el momento en el que abrí la puerta.

Mi madre, por supuesto, había acudido rauda y veloz a ver al recién llegado. Observé una expresión complacida en su rostro.

Le extendió su mano.

—Adrienne —se presentó—. Soy la madre de Kelly.

—Encantado, señora Fitzpatrick. Hunter Bowman.

Se me escapó una risita. Aunque ya me había dicho su nombre, no había reparado en que era precisamente el nombre que esperarías de alguien destinado a convertirse en tu sombra.

—Os acompaño —dijo mamá.

Qué fastidio. Lo último que quería era que Hunter se llevase la impresión de que era una especie de chica-burbuja, alguien que no había abandonado jamás el manto protector de su familia. Pero es que a la mínima que lo intentaba, mi madre se cernía sobre mí como un ave carroñera.

Fuimos al salón.

Me acerqué al ventanal y contemplé los rascacielos.

—La verdad es que no tenemos demasiado tiempo, señor Bowman. He de terminar de vestirme. ¿No puede explicarme su protocolo de camino al desfile?

Me miró de arriba a abajo y después frunció el ceño. Parecía de nuevo irritado. Empezaban a obsesionarme aquellos pequeños gestos.

—Llámame Hunter, por favor.

—De acuerdo. Hunter.

—He leído la información que me han pasado desde la agencia. Tengo todos los datos prácticos. Horarios, eventos exactos a los que asistirás, accesos, planos de cada uno de los lugares.

El guardaespaldas desvió la mirada hacia mi madre.

—No tienen por qué preocuparse. Lo que necesito saber, lo que no está en la información que me han pasado, es si ha habido alguna amenaza explícita o implícita hacia la integridad de Kelly.

Mi madre abrió la boca para contestar, pero yo tomé la palabra enseguida.

—No. No ha habido ninguna amenaza. Tal vez ya se lo han dicho en sus informes, pero mi vida es bastante reclusiva. Mis seguidores en redes lo saben perfectamente. Saben que esta semana va a ser una de las pocas en las que estaré en un evento público. En el que me dejaré ver. Y por eso mi padre creyó que era mejor que asistiese acompañada.

—Bien. Muy buena decisión. Te haré llegar por email, esta misma tarde, una pequeña lista con unas recomendaciones sencillas. Me gustaría que las leyeras. Usted también, señora. La primera es la puerta de casa. No sabías quién era antes de abrir.

—El portero del edificio no dejaría subir a nadie potencialmente peligroso.

Hunter negó con la cabeza.

—No es suficiente. Tu propia casa es tu espacio seguro. Solo pido que te asegures de quién es antes de abrir. Y que no la abras si no esperas a alguien que conoces.

—Te esperaba a ti —murmuré.

El guardaespaldas me miró fijamente. ¿El personal de seguridad era siempre tan intenso? Me sentía algo indefensa delante de aquellos ojos grandes y oscuros. Había algo en él que me llevaba a obedecer cada una de sus órdenes, por nimias que estas fuesen. Y lo peor de todo era que estaba deseando hacerlo.

Obedecerlo.

En todo.

Mi madre se levantó.

—Creo que puedo estar tranquila confiándole a mi hija, señor Bowman.

—Por supuesto que sí.

Respiré hondo. Una de las estilistas con las que colaboraba se había marchado de casa hacía solo media hora. Mi maquillaje y mi melena ya estaban listos. Solo tenía que terminar de colocarme el modelo de dos piezas de Bursia. Me levanté.

—Termino enseguida. Creo que el coche nos espera ya abajo.

—Sí. Ya he hablado con el chófer.

No me sorprendía. Hunter Bowman había hecho todos los deberes.

—Estaré lista en diez minutos.

—Te espero aquí mismo —me dijo Hunter.

Me perdí por el pasillo, pensando en que tardaría mucho menos de lo habitual, porque estaba deseando reencontrarme con él; y en que ojalá considerase que debía convertirse en mi sombra también dentro de mi propia casa.

CAPÍTULO 3

Hunter

Aquel trabajo iba a ser más problemático de lo que había pensado, y no por Kelly Fitzpatrick, ni por aquella madre aséptica y algo fría que se había perdido enseguida por las entrañas de aquel ático.

Era por mí.

Yo era el problema.

Estábamos en el lujoso Mercedes que los Fitzpatrick habían puesto a disposición de su hija y yo no podía apartar los ojos de ella. Y no de la manera que debería.

Kelly tecleaba frenéticamente en su teléfono móvil, pero me miraba de vez en cuando, tal vez estudiándome. No lo sé.

De todas formas, verla en persona no había hecho sino reafirmarme en mi intención. Iba a tener un comportamiento exquisitamente profesional durante esa semana. Iba a hacer mi trabajo.

Y después la invitaría a salir. Estaba decidido.

Solo serán seis días, Bowman.

No es que tuviese grandes esperanzas al respecto, pero no era inmune a su influjo, a la extraña y poderosa energía que se había creado entre nosotros, en su propia casa, ¡incluso con su madre presente! De todas formas, si me rechazaba, me lo tomaría como una señal de que mi celibato —hasta el momento— estaba siendo el camino correcto del que no convenía apartarse.

El lugar donde tendría lugar el desfile de moda estaba a unos quince minutos de trayecto desde la casa de los Fitzpatrick, dependiendo del tráfico que encontrásemos.

La observé con curiosidad. Quería saber todo sobre aquella chica. Todo lo que no había podido destilar de sus populares redes. ¿Se había creado un personaje, o er así realmente? Algo me decía que había una parte de ella que se reservaba para sí misma, que no exhibía ante los miles de ojos que la admiraban al otro lado de las pantallas.

Sus seguidores sabían que era la hija de Clayton Fitzpatrick, el hombre que había sido secuestrado por Colton Moore, un director de cine venido a menos. Un loco.

Había leído todo lo que había podido sobre el caso. La verdad es que era apasionante.

Pero el mundo del crimen y la crónica negra puede ser absorbente y mantenerte despierto hasta altas horas, así que no había profundizado todo lo que me gustaría. En ese momento se me ocurrió que podría ser ella misma quien me contase lo sucedido, mientras descansaba entre mis brazos, preferiblemente en una cama amplia y confortable.

Supongo que se me iluminó la cara con esa simple visión, porque Kelly apartó la vista de su teléfono y se quedó mirándome.

—¿Has visto algo gracioso?

Me trataba con mucha familiaridad para ser un total desconocido. Un desconocido que, además, pertenecía a su nuevo y flamante equipo de seguridad. Un equipo unipersonal.

Negué con la cabeza.

—Estamos llegando —dije.

—Tengo que preguntarte algo.

—Dime.

—No sé si me encontraré con algunos de mis seguidores. Pero es probable que haya gente que se me acerque o me pida una foto. No soy alguien que se deje ver a menudo, pero ya circula por las redes mi nombre entre los asistentes al *show* de Bursia de hoy. Solo quería asegurarme de que te parece bien.

Me sorprendió su no-pregunta.

—¿Que me parezca bien?

—Que se acerque la gente.

—No te preocupes por eso, Kelly. Entiendo cuál es tu trabajo y por qué estás hoy aquí. ¿Tú quieres que te hagan fotos? Si hay un motivo de peso para que no te las hagan, solo dímelo y haré todo lo posible.

—Bueno, no. En realidad ese es parte de mi cometido hoy aquí.

—Entonces me dedicaré a vigilar que puedes llevarlo a cabo de manera segura. No te preocupes, soy muy bueno leyendo los movimientos de la gente. Y mi campo de visión es excelente.

Respiró profundamente. Estaba nerviosa, era evidente.

—Esto ha sido idea de mis padres. Supongo que es evidente, ¿no? En el evento me encontraré con varios amigos. Gente del equipo de Bursia, la diseñadora. Creo que no era necesario molestarte. En el evento ya hay seguridad, y no voy a poder estar demasiado pendiente de ti.

Solté una carcajada.

—¿Molestarme?

—¿Te hace gracia?

Era algo insolente. Y bastante ingenua al mismo tiempo.

—No tienes que estar pendiente de mí, Kelly. Es al contrario, ¿sabes? Tú solo haz lo que tengas que hacer, y yo te seguiré a una prudente distancia. Todo irá bien.

Se quedó algo pensativa.

—Claro, disculpa. Es la primera vez que tengo un guardaespaldas. Hasta esa palabra impresiona.

—Lo entiendo, no te preocupes.

—Es solo que...entiendo que todo esto es por lo que le sucedió a mi padre, y no porque yo sea alguien especialmente relevante. Comprendo las precauciones. Es solo que me parecen excesivas.

Me acerqué a ella dentro del coche.

Dudé un instante, y al final estiré los brazos y lo hice. Agarré su mano. Estaba rebasando la barrera, el límite temporal —solo seis días—que yo mismo me había impuesto, pero no iba a permitir que aquella lágrima que amenazaba con escapar de su ojo derecho arruinase el que tenía que ser su gran día.

—Escúchame. Necesito que estés tranquila, Kelly. Haré mucho mejor mi trabajo si te calmas y confías en mí. No pienses ahora en los motivos por los que tienes un guardaespaldas, ni en las consecuencias. Céntrate en el momento presente. ¿Qué problema hay ahora mismo?

Noté cómo enredaba sus dedos entre los míos.

Problemático, muy problemático, Bowman.

—Ninguno. Ahora mismo todo está bien.

—Bien, eso es lo que necesitaba oír. Pues vamos allá.

El chófer que conducía el coche de los Fitzpatrick se detuvo ante la escalinata del edificio Pearl. Salí del coche yo primero para observar el exterior que rodeaba el pabellón.

Había gente, pero no iba a ser nada del otro mundo. Operarios que terminaban de transportar materiales al interior del edificio, gente de medios de comunicación con sus equipos, algunos curiosos y lo que a todas luces parecían modelos profesionales dirigiéndose al desfile a toda prisa.

Kelly permanecía en el interior del vehículo, atendiendo una llamada de último minuto.

Abrí la puerta trasera del coche para que bajase. Y en cuanto sus lujosas botas entraron en contacto con el asfalto, oí el primer grito.

—¡Es Kelly! ¡Kelly Fitzpatrick! ¡Por fin!

Y lo que iba a ser una jornada tranquila vigilando la contorneada figura de mi preciosa clienta se convirtió en una de las mañanas más estresantes de mi carrera.

Tal vez no había tenido en cuenta todas las variables. Aquella chica nunca había puesto un pie en el mundo exterior, prácticamente. No como la celebridad *online* en la que se había convertido en los últimos dos años.

Y Strandenski había considerado que solo iba a necesitar a un guardaespaldas.

Era de esperar que el primer día que la conocida *influencer* Kelly Fitzpatrick acudiera a un evento de moda todo el mundo se revolucionase.

Todo el mundo quería un pedacito de Kelly. Lo mínimo que estaban dispuestos a aceptar era una de sus miradas, una de sus sonrisas.

A las que yo mismo también aspiraba.

Las miradas veladas y sonrisas enigmáticas que tendría que compartir, al menos en esa semana, con centenares de *fans*.

CAPÍTULO 4

K ELLY

¿La *Fashion Week*? Sí, supongo que estuvo bien, pero habían pasado cinco días y solo tenía una cosa en la mente (o más bien una persona): Hunter Bowman.

Había sido agotador. Había acudido a siete desfiles, dos más de los inicialmente previstos. Había cerrado tres nuevos acuerdos de patrocinio. Había asistido a cuatro fiestas y a tres almuerzos de trabajo. Y en todo momento sentí su presencia y su protección. Siempre a la distancia adecuada. Se alejaba cuando necesitaba mi espacio para trabajar y se acercaba cuando yo lo miraba, suplicándole con los ojos que me sacase de algunos tumultos repentinos.

Exacto. Hunter y yo nos comunicábamos con la mirada y para el quinto día yo ya tenía varias cosas claras:

La primera, que no podía prescindir de él. Que lo necesitaba a mi lado. Con él en mi órbita no tenía ninguna sensación de peligro.

La segunda, que el acuerdo al que mis padres habían llegado con la empresa de seguridad Stradenski era tan solo para una semana, por tanto necesitaba una excusa para hacerles ver que necesitaba extender esa colaboración. No podía permitir que Hunter desapareciese de mi vida de un día para otro.

La tercera era, por desgracia, que eso no iba a ser tan fácil. Y el motivo era que al concluir mis compromisos con las firmas de moda que habían requerido mi presencia, yo volvería a mi sitio y a mi rutina, que no era otra que hacer fotos y crear estilismos en casa.

¿Y quién necesita un guardaespaldas en su propia casa?

—Hoy estás muy pensativa —me dijo Hunter—. Supongo que ha sido una semana agotadora, ¿no?

Estábamos en casa después de una larga jornada. Mis padres habían salido a cenar a casa de los Fuller, unos buenos amigos. Hunter me había acompañado de vuelta del último de los desfiles. Al día siguiente tendría lugar el último de mis compromisos publicitarios: un almuerzo a mediodía.

Hunter solo había accedido a entrar en casa porque le dije que estaría sola, que mis padres habían salido a cenar —algo que no pasaba casi nunca— y que nuestra cocinera había dejado la cena preparada y se había marchado.

Solo entonces, cuando se dio cuenta de que pasaría parte de la noche sola en nuestro ático, accedió a acompañarme un rato más. Le tuve que pedir expresamente que se relajara un poco, que se sentase en el sofá que había frente a la chimenea. Aunque sabía perfectamente que Hunter Bowman no había bajado la guardia. Que seguía en su papel de guardaespaldas, porque el plazo que habíamos acordado no había llegado a su fin.

—Supongo que también ha sido largo y agotador para ti —le contesté.

—Yo estoy bien.

—Mañana es tu último día —dije—. ¿Cuál es tu próximo destino?

—¿Mi próximo destino?

—Sí. ¿Tienes un nuevo cliente?

Hunter negó con la cabeza.

—No he tenido noticias de Stradenski en toda la semana. Es raro. Por lo general nuestro superior nos contacta para ver si necesitamos más recursos. Para ver si todo está bien.

—¿Más recursos? Te refieres a...

—Me refiero a más guardaespaldas.

—¿Y bien? ¿No los has necesitado?

—No.

—Pero ha habido momentos en estos días en los que tú mismo dijiste que la cosa se estaba desbordando y que debía de retirarme o...

—No creo que necesites más protección que la mía, Kelly.

Me miró fijamente y sentí que quería comunicarme algo con la mirada, algo que yo no era capaz de interpretar o que, simplemente, estaba malinterpretando.

Hunter se revolvió en el sofá y acercó un poco su postura a la mía. Yo estaba sentada en el sofá de enfrente y ya no me cabía la menor duda: donde quería estar era junto a él. O más bien, sobre él. Aquel hombre me estaba volviendo loca. Estaba despertando en mí algo monstruoso y desconocido, y terriblemente bello. Me sentía bien, y al mismo tiempo sentía que enfermaría si lo perdía de vista.

—Podría ser más explícito —añadió entonces— pero nos queda un día de trabajo.

—Puedes serlo.

—Kelly, simplemente estoy esperando a que...

—Estoy pensando en solicitar que extiendan tu contrato —dije, interrumpiéndolo.

—¿Cómo?

—Creo que deberías seguir siendo mi guardaespaldas. Tienes razón. No quiero a ningún otro, Hunter.

Parecía confundido.

Se levantó y dio unos pasos en círculos por el salón. Eran casi las once de la noche y tenía la apremiante sensación de que debía quemar las naves con Hunter Bowman. Creía que yo le gustaba, a pesar de los diez años que nos separaban. Que podía ser. Que esa forma de mirarme no era una herramienta de trabajo, una forma de asegurarse de que nada amenazante se acercaba a mí.

—¿Por qué crees que necesitas un guardaespaldas de forma permanente, Kelly? Corrígeme si me equivoco, por favor. Habitualmente trabajas desde casa. Creas contenidos para tus redes y colaboras con marcas sin salir de tu propio dormitorio. Eso es más o menos lo que me has explicado. Dime, ¿tienes previsto que esto cambie?

Sinceramente, no podía ofrecerle muchos detalles. No era algo en lo que hubiese pensado. Solo quería aferrarme a su presencia. A su energía.

—Sí. No. No lo sé.

—Kelly...

—No voy a seguir viviendo mucho tiempo más en casa de mis padres, Hunter. Debo decir que me va muy bien en mi profesión, aunque mi madre no lo considere un trabajo. Accedí a quedarme en casa un tiempo más por todo lo que le sucedió a mi padre. Mi hermana fue más lista y se largó en cuanto pudo a vivir con su novio. Pero ya han pasado más de dos años. No puedo vivir siempre en esta burbuja. Soy mayor de edad y estoy lista para independizarme...

Hunter me miró. Sus ojos apuntaban a mis labios y yo ya no tenía ninguna duda al respecto. Pero yo sabía muy bien que no daría ese paso. Que no se acercaría a mí si no había nada ni nadie amenazando mi integridad en ese instante.

El silencio que se erigió entre nosotros ya era de por sí bastante elocuente.

—Pero no has contestado a mi pregunta, Kelly. Todo eso me parece perfectamente normal. ¿Por qué crees que necesitas un guardaespaldas?

Respiré hondo.

Di un paso para acortar aquella distancia, que ya me parecía forzada y antinatural, contraria a lo que nuestros cuerpos exigían.

—Antes no has terminado tu frase —le dije, esquivando de nuevo su pregunta.

Quería que él mostrase sus cartas, a pesar de que estaba prestando sus servicios. Y conocía muy bien el riesgo que Hunter tomaría si lo hacía. Pero apenas quedaban unas horas para que expirase nuestro acuerdo.

—¿A qué te refieres? —preguntando.

—Decías que estabas esperando a algo. A qué. te interrumpí. Perdona.

Alargué el brazo y tomé su mano derecha entre las mías. Estaba fría, a pesar de la calidez que emanaba de la elegante chimenea eléctrica. La envolví con mis dedos para que entrase en calor.

—A que expirase el plazo. A que ya no nos uniese un contrato, Kelly.

—¿Para qué?

La mano que le quedaba libre ya acariciaba mi mandíbula, como si hubiese cobrado vida propia.

Hunter me besó. Me contestó con un suave beso. Y un segundo antes de acercar sus labios a los míos dejó escapar un pequeño suspiro de derrota.

Como si se hubiera rendido.

Como si hubiese claudicado después de una intensa batalla contra sí mismo.

CAPÍTULO 5

HUNTER

Para esto, por supuesto. Para besarla una y otra vez. Para ofrecerle la protección real que ansiaba darle a Kelly Fitzpatrick. La que solo encontraría entre mis brazos, bajo unas sábanas.

Ahogué un sollozo en su cuello, mientras sus labios recorrían el mío. Aquello estaba mal, y era perfecto al mismo tiempo.

Y estaba mal porque estaba quebrantando mi norma, prácticamente mi única regla como guardaespaldas. Estaba dinamitando nuestra relación profesional y traspasando una línea roja que yo mismo había marcado con fuego.

Dios, Bowman, ni siquiera eres capaz de esperar doce horas para tocarla. Las doce horas que me liberarían del contrato con los Fitzpatrick y que me separaban del momento en que podría presentarme de nuevo ante Kelly como lo que era en realidad: el hombre que pretendía conquistarla.

Pero el calor que emanaba de su piel a esas horas de la noche era casi intoxicante. Solo un extraterrestre podría resistirse a ella. Nos deslizamos hasta el sofá del salón.

No podía explicar la felicidad que me había invadido en cuanto vi cómo ella respondía a mis besos y mis caricias.

Kelly me devoraba y yo me derretía por el efecto devastador de su lengua.

¿Cómo iba a apartarla?

Su blusa ya estaba entreabierta. Su piel estaba a la vista, al alcance de mi boca, de mi lengua.

—Kelly —susurré. Tenía que hacer un último intento—. Aunque me muero de ganas de que esto pase, me había prometido a mí mismo no hacer nada hasta que nuestro acuerdo expirase. Supongo que te haces una idea, pero está totalmente prohibido que traspasemos ciertos límites con nuestros clientes.

—Solo faltan unas horas —contestó con un suave ronroneo—. Y llevo toda la semana pensando en ti, Hunter.

Me miró a los ojos mientras me decía aquello. Y aquella mirada tan explícita me ponía nervioso y me llevaba hasta el séptimo cielo.

Su sonrisa era contagiosa. Podría despertarme admirándola todos los días durante el resto de mi vida. Ese pensamiento no me asustaba. Supe que Kelly estaba destinada a ser mía en el momento en que la vi por primera en las fotos que me mostró Joe en su despacho. Simplemente no quería admitirlo. Me había resistido. Y cuando abrió la puerta de su casa no tuve más remedio que aceptarlo.

—Vamos a quitarte esa camisa— le dije.

Kelly levantó los brazos mientras yo, a toda velocidad, me desprendía de aquella prenda sacándola por encima de su cabeza. La envié volando al otro extremo de la habitación mientras ella dejaba escapar una risita juguetona. Por lo pronto no la iba a necesitar.

Fue entonces cuando fui consciente de la gran dimensión de sus pechos, que contrastaban con su cintura estrecha y su talla *petite*. El sujetador a duras penas podía contenerlas. Esas magníficas tetas empezaron a balancearse en cuanto puse mis manos bajo ellas. Deslicé mis dedos debajo de los alambres que armaban el sostén de seda y las amasé, esperando su reacción. Pero aquello no fue suficiente, necesitaba admirarlas.

Bajé los tirantes del sujetador y lo deslicé hacia su cintura.

Lo cierto era que tenía otros planes para ella, pero ante todo no podía resistirme a llevarme un pezón a la boca. Lo mordisqueé, suavemente al principio. Kelly gimió. Mordí un poco más fuerte.

—¡Joder, Hunter!

Dejó escapar un sonido de puro placer. Estaba testeando sus límites y todo apuntaba a que a mi chica le gustaban los gestos un poco rudos. Me concentré con la lengua y los labios en uno de sus pezones y cuando vi que se retorcía entre mis brazos, que seguíamos perdiendo piezas de ropa sin darnos cuenta, decidí desplazarme sobre el otro.

Mi sexo se revelaba ya en toda su magnitud, apretándose contra su vientre, pugnando por salir y deslizarse en su interior.

No podía más.

Imposible detenerme.

—Date la vuelta. Apóyate en el respaldo —le ordené.

Ella asintió.

Esperé a que el glorioso trasero de Kelly estuviese frente a mí. Me alineé con él, e inmediatamente pasé los dedos por debajo de su ropa interior, esperando su reacción. Fue un gemido intenso, casi animal. Tenía un culo redondo y perfecto.

—Inclínate un poco, cariño —le dije.

—Hunter, yo...

—¿Quieres que utilice un preservativo, Kelly?

Sinceramente, yo no quería. Quería apreciar hasta el último roce, la última sensación que su interior pudiese provocarme. Sin barreras. Pero eso no dependía de mí. Observé sus mejillas encendidas. Kelly me miraba por encima de su hombro. Dios mío, si hubiera sabido que mi deseo era correspondido no hubiese esperado ni un solo día.

—No —dijo—. Quiero que me folles. Sin nada entre nosotros. Fóllame, Hunter.

—Buena respuesta.

No podía pensar con claridad. Ya no. Ni siquiera fui consciente en ese momento de que sus padres podrían llegar en cualquier instante y sorprendernos haciéndolo allí mismo, junto a su chimenea. En el carísimo sofá del salón.

Me incorporé un poco, separando sus piernas y alineando mi polla con su centro. La espera durante toda esa semana había sido casi dolorosa. Había sido pura tortura ver cómo sonreía a otros hombres, como se hacía fotos con ellos amigablemente. Y aquella sensación era inquietante, pues sabía muy bien que yo no era celoso. No eran celos. Era simplemente ser consciente de que yo no podía hacer lo mismo, no podía rodearla con mis brazos, ni siquiera de forma casual.

Solo podía hacerlo para sacarla de una maraña de gente e introducirla en el coche.

Solo podía tocarla para ponerla a salvo.

Y no. No era suficiente.

Deslicé mi polla arriba y abajo, entre sus pliegues húmedos, cubriéndola con sus dulces jugos. Se topó con su clítoris, aún sensible por el contacto con mis dedos.

Kelly gimió de nuevo.

—¡Hunter!

Nunca me había gustado demasiado mi nombre hasta que lo había oído salir de su garganta.

Si el deseo de estar dentro de ella no fuese tan intenso habría podido seguir así, frotándome entre sus muslos, impregnándome de la humedad que emanaba de su interior hasta que los dos nos corriésemos. Era más que factible.

Sujeté su cadera con una mano mientras la otra guiaba mi pene hacia su entrada. Su carne lo aprisionó lentamente con la punta como advertencia. Estoy bien dotado, pero supe que se amoldaría perfectamente alrededor de mi polla. Me sumergí dentro con un certero movimiento, llenándola por completo.

Kelly resopló, resistiendo la repentina presión y luego gimió, cuando fue consciente de que ya estábamos completamente unidos. Y no me refiero solo a nuestros cuerpos. Ya no había marcha atrás. Me quedé quieto dentro de ella, dejando que sus paredes se estirasen lentamente para ajustarse a mi tamaño.

—¿Estás bien, cariño?

—Sí. Joder, eres enorme.

—Te recompensaré. ¿Harás lo que te digo?

—Sí.

Me incliné hacia atrás y agarré sus tetas inabarcables con ambas manos. Eso parecía gustarle demasiado.

—Quiero que juegues con tu clítoris mientras yo continúo.

Kelly asintió.

Era obediente, sumisa en la cama. Y al mismo tiempo estaba concentrada en su propio placer. Y eso me volvía loco.

Desplazó una mano hacia su centro y yo salí de ella lentamente. Apretando sus tetas, masajeándolas, empujé de nuevo. Pero salí mucho más rápido esta vez. Pellizqué sus pezones desde atrás. Kelly gritó mi nombre.

—¡Oh, Hunter, por favor! No te detengas.

La verdad: no tenía intención de parar hasta que mi semilla acabase en su interior. No tenía ninguna duda de que Kelly era para mí y yo era para ella, y por tanto no había posibilidad de retroceder.

Para ninguno de los dos.

Retomé el movimiento. Hacia dentro. Con fuerza. La saqué de nuevo. Ella me buscó de nuevo con sus nalgas firmes y blancas.

La metí de nuevo, hasta el fondo.

—No voy a parar. Eres mía, Kelly. Dilo.

—Soy tuya.

Esas dos simples palabras eran gasolina pura. Me empleé con más energía, entendiendo que aquello era exactamente lo que la hija menor de los Fitzpatrick quería, lo que demandaba de mí. Lo que quería de su guardaespaldas. Bombeé más intensamente. Más rápido.

Y cuando sentía que los dos estábamos llegando al clímax, la sujeté con fuerza. Encontré el punto justo, el movimiento exacto que iba a provocar que me corriese sin remedio en su interior, o sobre el lujoso sofá de piel, si nada lo impedía.

Mis testículos golpeaban rítmicamente sus nalgas, arrancando un placentero sollozo con cada uno de mis movimientos. Ella se revolvía entre mis brazos, bajo mi cuerpo, como una auténtica gatita.

—Córrete para mí, Kelly.

Cuando sus gemidos empezaron a intensificarse, me anticipé. Supe que estaba a punto. Y en el momento exacto en que Kelly desfalleció entre mis brazos y su carne empezó a comprimir mi glande acompasadamente ya no pude aguantarme más. Me dejé ir, en lo más profundo de su cuerpo.

Ahogué un intenso gemido junto a su nuca, cubierta de delicadas perlas de sudor que habían humedecido su melena.

Ya está. Ya es mía, pensé.

Kelly Fitzpatrick ahora me pertenece.

Y yo le pertenezco a ella.

CAPÍTULO 6

KELLY

Nos recompusimos a toda prisa y recuperamos las prendas de ropa que habían quedado desperdigadas por todo el salón. Mis padres estarían al llegar y no estaba segura de hasta qué punto era apropiado que Hunter me acompañase dentro de casa.

Era la primera vez que estaba con un hombre.

Mi primera vez.

No tenía la menor idea de si él lo había notado. ¿Un chico puede saber esas cosas? Había estado a punto de decírselo en dos ocasiones, principalmente por las dimensiones de su miembro. Pero supongo que era consciente de eso, porque fue cuidadoso. Fue delicado e intenso. Arrollador, diría. Todo a la vez. Y al mismo tiempo me había llevado a un estado de excitación que nunca había experimentado. Era como si flotase.

Cuando pasó un rato, lo acompañé hasta la puerta. Lo notaba inquieto, como si aún no hubiese recuperado del todo el aliento.

Una vez allí, me abrazó.

Me estrechó contra su cuerpo.

Y en ese instante volví a sentirlo de nuevo. La seguridad. El convencimiento de que todo a su lado estaba bien y que al día siguiente Hunter volvería a estar ante aquella puerta. Y no solo por nuestro contrato, al que le quedaban horas de vida.

La pregunta era, ¿estaría ahí al día siguiente?

¿Y al otro?

Hunter me miró, cómo si fuese a hacerme una pregunta que llevaba un rato guardándose.

—¿Estarás bien? Me destroza tener que marcharme justo ahora, Kelly.

Estábamos junto a la puerta de casa, él ya fuera, en el pasillo de acceso a los ascensores. Yo dentro.

—Hunter, mis padres están a punto de llegar.

—Puedo esperar contigo hasta que lleguen.

—Es tarde.

—No me importa quedarme un rato más. Hasta que estés de nuevo acompañada.

—Hunter...no es la primera vez que me quedo sola en esta casa. Me iré a dormir enseguida. Estoy agotada.

Traté de quitarle hierro al asunto con una sonrisa.

Me miró de nuevo con cierta intensidad. No se iba. Era tozudo y el problema era que en aquel momento no podía estar segura de si quería quedarse como guardaespaldas, o si solo quería hacerme compañía.

Si era lo primero, estaba claro: yo ya estaba en casa, sana y salva, y sus compromisos conmigo habían terminado por ese día.

Si era porque quería estar conmigo y abrazarme, eso me gustaba mucho más. Pero no quería que mis padres me encontrasen ese panorama. No en esa semana, cuando él aún debía acompañarme al día siguiente.

Negué con la cabeza. Estaba decidida a mantenerme firme. No era una cría. Todo el mundo se empeñaba en mantenerme dentro de una burbuja que yo intentaba abandonar a toda costa, y solo faltaba que el hombre que me interesaba, el que me había seducido y cautivado, hiciese exactamente lo mismo que mis padres.

Por muy guardaespaldas que fuese.

Hunter apoyó su hombro en el marco de la puerta. Tenía el pie derecho adelantado, impidiendo que yo cerrase.

—Hacemos una cosa —me dijo—. ¿Por qué no llamas a Adrienne, a tu madre, y le preguntas cuánto falta para que lleguen?

—Hunter, por favor...

—¿Quieres que me vaya?

—Te aseguro que no hay nada que me gustaría más que pasar la noche contigo...en las condiciones adecuadas. Creo que me meteré en problemas si mis padres llegan y te encuentran aquí. Es tarde.

Miró al suelo, resignado.

—Solo quiero que estés segura, Kelly. Debes entender que si estás a mi lado siempre voy a estar obsesionado con tu integridad. Está en mi ADN y tratándose de ti, eso se multiplica por mil.

Me salió solo.

Respiré hondo y lo solté:

—Entonces tal vez no es eso lo que quiero, Hunter.

Levantó los ojos, atónito.

—¿Cómo?

—No quiero que mi novio, o que mi futuro marido, el hombre con el que me gustaría formar una familia, se obsesione con mi seguridad hasta el punto de encerrarme de nuevo en la burbuja de la que pretendo escapar. De la que llevo años intentando salir.

—Kelly. No es eso, yo...

—Es exactamente lo que parece.

Hunter apretó las mandíbulas, como si tuviese que hacer un esfuerzo extra por retener sus verdaderos pensamientos. ¿Qué le pasaba? ¿Y cómo había podido yo cometer ese error? ¿Cómo había podido dejarme seducir por el hombre al que se le había encomendado mi seguridad?

—Eres mi guardaespaldas, Hunter. Durante veinticuatro horas más. Pero solo tenías que acompañarme en mis desplazamientos por la ciudad. Ahora estoy en casa y me gustaría...

Me miró, profundamente contrariado. Aún así terminé la frase:

—...Estar sola.

CAPÍTULO 7

HUNTER

Bajé en el ascensor del edificio en el que vivían los Fitzpatrick, bastante mosqueado. No con Kelly, por supuesto. De nuevo, mi furia podría ir perfectamente dirigida a mí mismo.

La entendía. La entendía al cien por cien.

¿Cómo podía haberme enamorado de ella? Tan rápido, tan profundo...

Tan irrenunciable.

Lo que acababa de pasar entre nosotros había sido pura magia. Había notado algo que nunca había experimentado, ni siquiera con mi ex esposa. Como si el amor fuese energía real, tangible, que nos había envuelto en aquel sofá y me hubiese dictado cada una de las caricias que le había infligido a Kelly. Qué hacer. Dónde tocar.

Y mi enfado podía resumirse en que sí, en que ella tenía razón.

Durante aquella semana había sido mi clienta, la mujer a la que debía proteger de forma escrupulosa y profesional. Y había cruzado la línea para la que no había marcha atrás. Iba a salir con ella. Conquistarla. Aunque fuese consciente de que las chicas de su clase no suelen ir más allá con tipos como yo.

Pero eso me daba igual.

Sabía que podía conquistarla.

Lo que no había pensado era que no iba a poder dejar de ser su guardaespaldas.

Nunca.

Probablemente, a partir del día siguiente, lo iba a ser más que nunca.

Y eso no era algo que ella fuese a tolerar fácilmente. Lo había dejado muy claro.

Bajé hasta la puerta del edificio y observé que el portero se había quedado dormido detrás del mostrador. Golpeé la madera con los nudillos para que se despertase. Lo hizo y me saludó, pero posiblemente solo durante cinco segundos.

Genial, pensé.

No iba a marcharme, *por supuesto.*

Iba a montar guardia en la puerta hasta que el coche de los Fitzpatrick apareciese por allí. Hasta que me asegurase de que su familia llegaba a casa y Kelly no dormiría completamente sola en ese ático.

Dios mío, no había pensado en eso. ¿Dónde iba a llevar a una chica cómo ella? ¿A mi minúsculo apartamento? Mi cama era enorme y más que cómoda, eso seguro. Me había asegurado de comprar el mejor de los colchones que encontré. Pero, ¿eso era suficiente para la hija menor de los Fitzpatrick?

Eres un iluso, pensé. *Mañana es tu último día a su lado y ni siquiera sabes si querrá volver a verte.*

La ilusión y la pasión que me habían desbordado apenas hacía una hora se habían disipado como el humo que salía de la alcantarilla más cercana.

Di unos pasos y me apoyé en una farola.

No hacía demasiado frío, para ser febrero.

Encaré el edificio y miré hacia arriba, hacia el ático de los Fitzpatrick. Consulté mi reloj. Eran las doce y cuarto. Los padres de Kelly no podían tardar demasiado en llegar, ¿no?

Desde fuera no se veía el mostrador del portero del edificio, que permanecía en la penumbra. Así que no tenía manera de saber si se había vuelto a quedar dormido. Observé la ventana del dormitorio de Kelly, desde abajo. Estaba a unos veinte pisos de altura y aún así podía distinguirla entre un millón de ventanas iguales. La luz de su cuarto estaba encendida desde hacía unos diez minutos.

Supongo que una parte importante de nuestro trabajo tiene un firme arraigo en la intuición. Las mujeres son intuitivas, los hombres no tanto. Debemos desarrollar ese poderoso don conscientemente. Y en eso me había focalizado en los últimos diez años. En fiarme de mi instinto y afilarlo hasta convertirlo en un arma de la mejor precisión.

Llevaba unos veinte minutos apostado frente al edificio de los Fitzpatrick cuando lo vi.

No pude apreciar su cara, pero sí lo que llevaba en la mano derecha. Una cámara de fotos con un potente objetivo. No muy voluminosa, pero demasiado cara y profesional como para mostrarla al aire libre, sin la debida protección.

En cuanto vi que entraba en el portal del mismo edificio en el que probablemente Kelly ya dormía, salí disparado tras él.

Seguí a aquel tipo.

Entré en el vestíbulo. Estaba desierto y en penumbra. No era que el portero estuviese dormido tras el mostrador. Es que, directamente, no estaba. Y tampoco el tipo sospechoso que acababa de entrar.

Demonios, maldije entre dientes.

Observé los ascensores. Solo uno de ellos se movía. Observé como el número ascendía, demasiado despacio.

Mi dedo ya estaba sobre el botón del que había quedado libre.

Petrificado, observé cómo el ascensor que subía se paraba en la planta número veinte.

La misma en la que estaba el ático de Kelly.

Solo los Fitzpatrick vivían allí.

Mierda.

Eché un vistazo a la escalera de emergencia e hice un cálculo a toda velocidad. No, el ascensor. Debía esperar al ascensor.

No podría expresar lo que sentí dentro de aquel habitáculo de mármol mientras subía hacia el cielo de Manhattan. Hasta la más pura de las pesadillas.

En cuanto se abrió, me abalancé sobre la puerta de la vivienda entreabierta. La misma en la que me había despedido de Kelly, compungido, solo un rato antes.

Y allí me encontré lo que me temía, exactamente. El tipo la retenía sobre el suelo del salón, y estaba a horcajadas sobre ella. Había dejado su carísima cámara a un lado. No quiero saber qué pretendía exactamente, ni por qué quería imitar, yendo mil pasos más allá, lo que le había sucedido al padre de Kelly dos años atrás.

Lo agarré de un brazo y lo levanté sin demasiado esfuerzo. La adrenalina dirigía mis manos hacia su cuello.

Kelly soltó un grito terrorífico y eso propulsó el sonoro puñetazo que le endosé a aquel maldito pervertido.

—¡Llama a la policía, Kelly! Yo lo retendré mientras llegan.

El tipo tenía la cara cubierta con una mascarilla. Se la arranqué de un manotazo, temiendo encontrarme con el maldito psicópata, el director de cine trastornado que había secuestrado a su padre. Colton, ese era su nombre.

Y no, solo era un burdo imitador.

Un idiota que había llegado demasiado lejos.

Colton seguía en la cárcel.

Saqué unas esposas de mi bolsillo trasero y lo inmovilicé. Tendría que quitárselas antes de que llegase la policía o tendría problemas, pero por el momento me ayudarían a mantenerlo bajo control.

—¿Qué pretendías, cabrón?—gruñí—. Jamás volverás a tocarla, ni a mirarla siquiera, ¿me entiendes?

El asaltante temblaba bajo el peso de mi rodilla derecha.

—Solo quería...hacer un cortometraje...Quería que Kelly fuese la protagonista.

—¿Y asaltándola en su casa en plena noche te parece la mejor manera de hacerlo?

—Nunca respondió a mis mensajes. Le envié decenas de mensajes directos a través de Instagram y ella nunca tuvo la decencia de contestar.

—¡Cállate, dios! Cállate si no quieres que te parta la cara.

La policía llegó casi al mismo tiempo que los Fitzpatrick, quienes contemplaron horrorizados cómo se llevaban detenido al intruso. Cuando estuve cien por cien seguro de que habían abandonado en el edificio, acepté por fin el vaso de agua que Adrienne me ofrecía.

Clayton agitaba la cabeza en señal de profundo disgusto.

—No sabe cuánto se lo agradezco, señor Bowman...Sé que está trabajando fuera de su horario. Sé que no debía estar aquí cuando esto sucedió.

Kelly, quien había tenido hasta el momento un comportamiento ejemplar, manteniendo la calma y avisando al portero y a la policía, siguiendo mis instrucciones al milímetro; rompió a llorar en ese preciso instante.

Y no me pude contener.

Corrí a abrazarla.

Su rostro se hundió en mi cuello, impregnándolo de lágrimas que me ardían. No le importó que sus padres contemplasen la escena atónitos. Que nos viesen abrazados, como debíamos haber seguido el resto de la noche.

—Creí que eras tú —susurró junto a mi oído.

—¿Cómo?

—Por eso abrí la puerta. Creí que habías vuelto. Que habías subido de nuevo a casa. No soporté que te fueras así, disgustado. Me entristeció tanto, Hunter... Corrí a abrir la puerta rezando para que tú fueras el que estuviese tras ella.

—Oh, Kelly. No pienso volver a separarme de ti, ¿me oyes?

Levanté la cabeza y me crucé con la mirada de asombro de Adrienne.

—¿Me oyen? No me separaré de Kelly.

El padre de Kelly asintió.

—No creo que nadie la cuide y la guarde como tú, Hunter Bowman —dijo, en señal de aprobación.

Absorbí sus últimas lágrimas con mis labios. Los suyos iniciaron una curvatura ascendente, una tímida sonrisa. Faltaban unas pocas horas para que expirase nuestro contrato, y también para que empezase el nuevo. Uno que, con un poco de suerte, duraría toda la vida.

EPÍLOGO

K ELLY
Once meses después

Apagué el ordenador al oír la puerta del apartamento de Hunter. Observé su fornido cuerpo dirigiéndose directamente hacia mí, sin quitarse la chaqueta siquiera.

No me dio la noticia nada más entrar. Esperó unos minutos a que aumentase la tensión. A que yo, impaciente, le preguntase por las novedades.

—¿Sí?

Aguardó un segundo antes de abalanzarse sobre mí, levantarme en volandas y abrazarme con su fuerza habitual.

—¡Sí, nena! Lo tengo.

—¡Oh, Hunter, no sabes cuánto me alegro! Sé lo mucho que querías ese ascenso.

—Eso no es lo importante —me dijo—. El ascenso no es lo que me importa en el fondo, Kelly. Lo que quería era tener más libertad, más margen para pasar tiempo a tu lado.

Me besó. Nos besamos.

Rodeé su cadera con mis piernas mientras él me depositaba con cuidado sobre la cama.

Me había ido a vivir con Hunter apenas unos días después de lo sucedido en el ático de mis padres. Por supuesto, no pusieron objeción alguna, al ver cómo manejó la situación. Sobre todo mi padre. Mamá tuvo más reparos y llegó a mencionar que alguien como yo no podía involucrarse "a ciertos niveles" con su personal de seguridad.

—Él ya no es mi guardaespaldas, mamá —le había contestado yo, muy seria—. Hunter es mucho más que eso.

Estuve a punto de decirle que él había sido mi primer hombre, pero me contuve. Con Adrienne, cuanto más se le dosificara la información, mucho mejor. Debía aprender de mi hermana mayor. Ella era una maestra a la hora de complacer a mis padres y hacer su vida al mismo tiempo.

Nuestros primeros meses juntos fueron una auténtica luna de miel. Me aparté un poco de las redes sociales y retomé un viejo *hobby*: empecé a escribir historias de misterio.

Los relatos pronto se convirtieron en novelas, y en solo unas semanas tendría una reunión con una de las editoras de WonderBooks para estudiar la posibilidad de publicarla.

Ese sería uno de mis sueños desenterrados. Había dejado de escribir a los diecisiete años, aunque siempre lo hacía durante mi adolescencia. Supongo que tener una cuenta de Instagram con más de cien mil seguidores ayuda a conseguir viejos objetivos.

Me gustaba haber retomado esa dinámica.

Aunque mi madre tampoco lo considerase un trabajo real.

Y me había adaptado perfectamente al pequeño apartamento de Hunter, a pesar de que en los últimos meses papá insistía para ayudarnos a conseguir un sitio más amplio. Pero Hunter no quería ni oír hablar de ello.

Yo te proporcionaré el sitio perfecto. Solo necesito un poco de tiempo, Kelly.

Y yo estaba dispuesta a concedérselo. Por supuesto. Por supuesto que tenía todo el tiempo del mundo para alguien capaz de arriesgar su vida por salvar la mía. Y no solo porque estaba, como él decía, en su ADN.

Hunter lo sentía así.

Introdujo su mano bajo mi camiseta y acarició mi espalda.

—¡Espera, espera!—exclamé. Sabía muy bien cómo solían acabar esas caricias.

—¿Esperar?

—¡Cuéntame bien cómo ha sido!

Hunter se sentó en la cama, a mi lado. Las sillas brillaban un poco por su ausencia en aquel apartamento, y la verdad era que no las echábamos de menos. La cama era nuestro centro de operaciones.

—Joe me convocó en su despacho. Llevaba unas semanas algo abatido por el abandono de Joanne, nuestra salvavidas. Y me dijo que había pensado mucho en mi propuesta y que no me iba a dejar marchar tan fácilmente. Que no podíamos abandonarlo los dos a la vez.

Hunter le había dicho a su jefe que quería abandonar el trabajo de campo. Que quería formar a nuevos guardaespaldas, no ser uno de ellos. Los dos sabíamos muy bien que si seguía haciendo ese trabajo pasaríamos mucho menos tiempo juntos, tal vez serían semanas enteras sin vernos.

—¿Y? —insistí, impaciente.

—Que lo había estado meditando y que le parecía una idea genial. Que empezaríamos a formar a nuevos profesionales y que yo dirigiría ese área de negocio. Y lo haremos aquí mismo, en Manhattan. Ya está buscando una nueva oficina para empezar a organizarnos. Pero eso no es todo...

A mi novio le brillaban demasiado los ojos cuando tenía buenas noticias.

—¿No?

—No solo voy a reclutar y formar a nuevos guardaespaldas. Voy a co-dirigir el negocio con él, Kelly. Con la marcha de Joanne, dice que me necesita más que nunca. Y eso supone una suma muy importante de dinero.

Lo abracé. Sabía lo importante que era para Hunter poder mudarnos a un apartamento más grande.

—¿Y tú? ¿Qué tal tu día, cariño?

—Oh, nada excitante comparado con lo tuyo. Pero he escrito unas seis páginas.

—Eso es fantástico.

Me sonrió.

—¿Ya? —preguntó.

—¿Ya, qué?

—¿Puedo ya abalanzarme sobre ti?

No esperó mi respuesta. Hunter me abrazó, haciendo lo que tanto me gustaba, aprisionarme debajo de su cuerpo, inmovilizarme con un mínimo movimiento de sus manos. Y mientras estas se aferraban a mis muñecas, su lengua se hundía en mi cuello, entre mis pechos.

Y yo me sentía colmada.

Y protegida.

Muy protegida.

CONTENIDO EXTRA

A continuación puedes leer los primeros capítulos de otra de mis mininovelas:

SU ETERNA PROMESA

CAPÍTULO 1

A RTHUR
Les habla el comandante. Les comunico que estamos a punto de aterrizar en el aeropuerto de Heathrow, Londres. Ha sido un placer tenerles a bordo.

Aún no habíamos llegado a nuestro destino y yo ya empezaba a notar el efecto del *jet lag*. Recosté mi cabeza junto a la ventanilla y observé el gran enjambre londinense desde el cielo. A veces asociamos ciudades con personas y de un tiempo a esta parte para mí Londres significaba alguien muy específico. Y también demasiado tentador: Charlotte Alcott.

La hija de Caleb Alcott.

Mi jefe.

Ella se había convertido en la razón por la que abandoné la ciudad que me vio nacer y me instalé en Nueva York hace cuatro años.

Una atractiva azafata rubia se acercó a mí para asegurarse de que mi cinturón estaba correctamente abrochado. La observé unos instantes y correspondí a su sonrisa profesional e inmaculada. Me había dicho su nombre al principio del vuelo. Shannon. Californiana. Era muy atractiva. Cuatro años atrás me habría interesado por ella. Tal vez le habría preguntado en qué hotel se hospedaba en Londres y si le apetecía tomar una copa al terminar su jornada.

En ese momento volteé mi mirada hacia la ventanilla y me recreé de nuevo en lo que me esperaba al aterrizar.

En Charlotte, y en la promesa que le hice aquella noche en la mansión de los Alcott, los dos ocultos en la biblioteca familiar, ajenos a las miradas de todos.

Diecisiete años recién cumplidos, esa era la edad de Charlotte aquella maldita noche, y el motivo por el que tuve que dejar atrás Londres y poner un océano de distancia entre nosotros. La tentación era demasiado poderosa y no podía permitir bajo ningún concepto que aquella chiquilla siguiese torturándome. Eso era la joven Charlotte entonces, y lo que seguramente seguiría siendo: un auténtico peligro disfrazado de puro dulce.

Me había encerrado en aquella biblioteca con la excusa de enseñarme un enorme libro de astronomía que llevaba encima a todas horas. Y lo hizo. Se sentó sobre mi regazo, sobre mi masculinidad, la misma que se sublevó al instante. Me levanté de la silla, aterrorizado, y traté de apartar de mí a la preciosa hija menor de Caleb Alcott.

Cuando sea mayor de edad, susurró ella en mi oído. *Te estaré esperando, Arthur. Prométeme que me besarás cuando tenga la edad suficiente para estar juntos.*

El corazón me latió con violencia. Salí de aquella casa como si hubiese visto al mismísimo diablo, y tal vez así había sido, en forma de mujer con poderosas curvas y piel impecable. Pero demasiado joven.

Al cabo de unos días le dije a Caleb que mi sueño era vivir en Nueva York —una mentira— y que me marcharía de su empresa si no podía compatibilizar ambas cosas. Para mí sorpresa, Alcott me ofreció todas las facilidades del mundo y un puesto directivo en la recién estrenada sede de su gran inmobiliaria, Alcott Buildings, en Nueva York.

Hui.

Hui de Charlotte y de su cuerpo recién formado.

Y sin embargo, se lo prometí. Le prometí que algún día regresaría y la besaría. Lo hice y me maldigo todos los días. Primero, porque aquellas palabras solo salieron de mi garganta para que se alejase de mí y mi corazón dejara de inflamarse con su voz y su boca entreabierta. Y segundo, porque eso era exactamente lo estaba haciendo, estaba volviendo a Inglaterra.

En esos cuatro años ella había hecho tímidos intentos de contacto. Varias llamadas de teléfono que mi secretaria interceptó. Tres o cuatro e-mails que nunca contesté. Incluso sé de buena tinta que hizo un viaje a Nueva York con su hermana y su madre al cumplir los dieciocho. En cuanto supe de su presencia, gracias a que Caleb lo mencionó de pasada, me largué de la ciudad y cogí un vuelo a Miami.

Al volver de aquellas improvisadas vacaciones, las primeras que me permitía en mucho tiempo, y eso que habían sido forzosas; encontré algo que me turbó profundamente sobre la mesa de mi despacho.

Su libro de astronomía.

Ella había estado en aquel edificio, en aquella oficina, respirando aquel oxígeno.

Busqué entre sus páginas, pensando que tal vez me había dejado una nota, pero no había nada.

Solo quería que supiera que había estado allí, que se había sentado en mi silla.

La cambié de inmediato por otra. Eso era lo que me hacía aquella chica.

Pero habían pasado tres años de aquello, y Charlotte ya no era una niña.

Y yo, abandonando aquel avión y abriéndome paso por la atestada terminal del aeropuerto de Heathrow, estaba a punto de averiguarlo.

Me esperaba un coche en la salida de la terminal de llegadas. Leí mi nombre en el cartel que sujetaba el conductor. ARTHUR YARDLEY. Me acerqué a él y busqué el pasaporte en el bolsillo de mi abrigo.

—No es necesario, señor Yardley —me dijo el chófer, reconociéndome al instante—. ¿Ha tenido un buen vuelo?

—No ha estado mal...

—...Alistair, señor. Ese es mi nombre. Le llevaré donde quiera durante todo el tiempo que pase en Londres.

—Muchas gracias, Alistair.

Subí al asiento posterior del Mercedes negro y me acomodé. Tal vez, si el tráfico no era intenso, aún conseguiría dormir algunas horas antes de reunirme con Caleb Alcott.

—Imagino que querrá descansar un poco.

—Sí, me alojaré en el hotel Corinthia durante toda la semana.

—Entiendo. Sin embargo, el señor Alcott insistió en que hay espacio de sobra para usted en su casa. Me refiero a su residencia de Bracknell, que es donde pasa últimamente la mayor parte del tiempo.

No. Ni de coña. En absoluto podía verme de nuevo atrapado bajo el influjo de Charlotte.

—Se lo agradezco, pero ya discutí ese asunto con el señor Caleb. Estaré en el hotel. He de atender asuntos personales también, ver a… algunos amigos durante mi estancia. En Bracknell estaría demasiado aislado.

El chófer me observó a través del retrovisor. Se notaba a la legua que Alcott le había insinuado que tal vez me alojaría en su residencia familiar, pero no quería estar bajo el mismo techo que su hija pequeña.

Y el motivo era muy simple. Mi honorabilidad me había impedido dejar rienda a mi deseo hacía cuatro años. Pero ahora que Charlotte estaba a punto de cumplir los veintiuno, y a tenor de las últimas fotos de ella que había visto en sus redes sociales, eso iba a ser algo más que imposible.

—Entiendo, señor Yardley. A la ciudad, entonces.

¿A quién pretendo engañar? Un nudo se había apoderado de mi estómago en cuanto puse un pie en la terminal. Era ridículo postergar mi encuentro con Charlotte, sobre todo cuando el principal motivo de mi viaje era un reencuentro al que mi parte racional continuaba resistiéndose.

—Dígame, Alistair. ¿Trabaja habitualmente para el señor Alcott? —le pregunté al chófer.

—Así es.

Desvié la mirada hacia el manto verde que se extendía a la derecha de la carretera. Quería preguntarle por Charlotte, pero no me atrevía a abrir la caja de Pandora, a pesar de que era consciente de que estaba allí para honrar mi promesa velada.

—Para sus hijas, sobre todo. Al menos últimamente —añadió.

—Lizzy…

—Y Charlotte. La pequeña.

—Ya no debe ser tan pequeña —añadí. Dios, no sé por qué me estaba metiendo en ese jardín.

—Ciertamente. La joven Charlotte cumple veintiún años esta semana. O los ha cumplido ya, no estoy del todo seguro.

—Debe seguir estudiando, ¿no?

—Estudia Historia del Arte en Londres. Y, ¿sabe?, es curioso, pero oí que quería marcharse a estudiar un año a Nueva York. Imagino que el señor Caleb se lo contará.

Enmudecí. ¿Charlotte en Nueva York?

Y sin embargo, el chófer me dio la estocada final cuando me dijo:

—Ahora bien, entre usted y yo, con todo el asunto de la boda, no sé si todo eso seguirá en pie. Ya sabe cómo cambian de opinión las jovencitas de hoy en día.

—¿La boda?

—La boda de la joven Charlotte, así es.

—¿Va a casarse?

¿Por qué? ¿Por qué sentía en ese momento como si mi corazón fuese un gigantesco gong y alguien se estuviese empleando a fondo con él?

Alistair se encogió de hombros y esbozó una tímida sonrisa a través del espejo.

—Anticuado, ¿verdad? Para mí sigue siendo una niña... No entiendo cómo le puede interesar algo así. Una boda, me refiero.

Estuve a punto de indagar un poco más, de preguntarle quién era el hombre que pensaba arrebatármela.

El pensamiento que me asaltó en ese instante me asustó porque era, más bien, una certeza a la que ya había decidido aferrarme:

Charlotte no va a casarse con nadie que no sea yo mismo.

CAPÍTULO 2

C HARLOTTE

—No tengo claro que Arthur vaya a venir —dije, con la mirada clavada en el techo de mi dormitorio—. Además, ¿qué importa si viene o no a estas alturas?

—Me lo ha dicho papá —repuso Lizzy—. Y claro que importa. A ti te importa, desde luego. Aunque no lo admitas. Te conozco demasiado bien, Charlie.

Resoplé. Por supuesto que quería verlo. Pero no estaba dispuesta a admitirlo en voz alta, ni siquiera delante de mi hermana Lizzy.

—Nunca ha contestado mis e-mails. No he vuelto a verlo desde aquella noche en la biblioteca. ¡Ni siquiera quiso verme cuando fuimos con mamá a Nueva York!

Lizzy me miró de nuevo y realmente no hacía falta que dijese nada más. Nos conocíamos a la perfección. Podíamos comunicarnos solo con una mirada. Ella era la única que sabía de mi obsesión por Arthur, uno de los directivos de la empresa de mi padre. Poco me importaba que nos separasen veinte años. Estaba enamorada de él desde los quince y hacía ya mucho que había superado mi torpe intento de seducirlo.

Había sucedido ahí mismo, en nuestra casa de Bracknell. En medio de una tormenta eléctrica que provocó un apagón general en todo el condado.

Arrastrada por mis hormonas adolescentes acorralé a Arthur Yardley en la biblioteca. Traté de convencerle con palabras que me había convertido en una mujer. Que no era la niña que él creía. Cada vez que lo pienso quiero que se abra un agujero bajo mis pies y que me devore. Estaba tan convencida...

Él me apartó con cuidado y después evitó cualquier contacto visual con mis ojos. Sé muy bien por qué. Arthur y yo llevábamos demasiado tiempo mirándonos.

—Pues vendrá hoy seguro, así que prepárate —dijo Lizzy, saltando sobre mi cama y aterrizando a mi lado —. Ya sabes que papá no quiere salir de esta casa. Últimamente hace que todos sus clientes vengan hasta Bracknell. Y no olvidemos que Arthur sigue siendo su empleado, por mucho que dirija la sede de su empresa en Nueva York. ¿Qué piensas ponerte? ¿Quieres que echemos un vistazo a tu armario?

A veces me costaba creer que Lizzy era la mayor de las dos. Se levantó y abrió de par en par las puertas de mi atestado armario.

—Veamos...

—Ya basta, Lizzy.

Sacó un vestido corto ajustado de color negro y morado.

—Este me encanta.

—¡Lizzy! ¿Acaso no me has oído? Sabes que estoy prometida, ¿no? Con alguien que no es Arthur. No entiendo por qué tengo que recordártelo. Sinceramente, creo que me estás creando expectativas solo para tu propio divertimento.

Mi hermana suspiró, abrazada a la pieza de ropa.

—Tú no estás enamorada de Robert, hermanita. Lo sabes muy bien.

—Por supuesto que lo estoy.

—No, no lo estás.

Era imposible engañarla.

—Si no lo estoy, lo estaré. Estoy convencida. Robert es perfecto para mí. Me respeta y está dispuesto a esperar todo el tiempo que haga falta hasta que...

—...¿hasta que te desenamores de otro?

—Hasta que termine de estudiar y podamos casarnos, Liz.

Lizzy y yo habíamos tenido esa conversación mil veces. Sabía muy bien que cuando le decía que me casaría después de terminar la carrera se la llevaban todos los demonios.

Mi hermana no estaba precisamente interesada en el matrimonio. De hecho, y a pesar de todo lo que le gustaba incordiar con el asunto de Arthur, su propia vida amorosa era todo un misterio, incluyéndome a mí, su hermana. Cualquier mención a su solitario corazón me servía para desactivar su insana curiosidad.

Pero esa era un arma que me reservaba solo para cuando me sacase de quicio. Y eso, por el momento, tendría que esperar. Me levanté, le quité el vestido de las manos y volví a colocarlo dentro del armario.

La cogí de las muñecas.

—Escúchame bien, Lizzy. Solo voy a decirlo una vez. Es posible que veamos a Arthur rondando por aquí. Tal vez papá lo haya citado para una de sus reuniones y sea hoy mismo cuando venga a Bracknell. Pero lo que pasó aquella noche entre nosotros... creo que ya está del todo olvidado. Él lo ha olvidado. Desde ese día siempre me ha mantenido a raya, lo más lejos que ha podido. Y lo ha logrado.

Lizzy me lanzó una mirada de soslayo y me contestó como si no hubiese escuchado ni una sola palabra de lo que acababa de decir.

—Solo quiero que sepas que si decidís estar juntos, Arthur y tú... yo te apoyaría. Delante de papá.

Ahogué un grito de pura frustración.

Era como hablar con una pared.

Dejé a mi hermana murmurando a mi espalda y decidí salir al jardín a absorber los tímidos rayos de sol que bañaban nuestra enorme residencia familiar de Bracknell. Estaba a punto de empezar mi tercer año en la universidad y mi vida era una gran farsa que en los últimos años había girado en torno a la repentina desaparición de Arthur Yardley, el hombre del que no me había logrado olvidarme.

A medida que el raciocinio fue entrando en mi loca cabeza al cumplir la mayoría de edad —la clarividencia no llegó de golpe, obviamente, sino que fue cuestión de un par de años—, me di cuenta del soberano ridículo que había hecho en aquella biblioteca, tratando de seducir a un hombre que me doblaba la edad y que, para colmo, era la mano derecha en los negocios de mi padre.

Pasado el tiempo acepté lo sucedido, me serené y, cuando entendí que no iba a poder olvidarme de él solo porque la razón así me lo dictase, planeé aquella escapada a Nueva York con la esperanza de verlo.

Fue todo en vano. Él huyó de la ciudad en cuanto supo que llegábamos. Me quedó claro que Arthur me esquivaba.

Al principio creí que simplemente no quería problemas.

Problemas serios.

Pensé que aquella mirada que él me profesaba escondía algo lejanamente parecido a mi obsesión adolescente. O a lo mejor era solo una proyección de mi propio deseo, ¿quién sabe?

La cuestión era que enterarme de que Arthur estaba a punto de irrumpir de nuevo en mi tranquila vida londinense había puesto todo patas arriba en apenas unas horas. Lo que para Lizzy era puro divertimento para mí era una inquietud extrema, instalada en la boca de mi estómago, además de una súbita subida de mi temperatura corporal.

Me senté en uno de los bancos de piedra en los jardines. Era uno de mis rincones favoritos, a pesar de que no estaba demasiado escondido. Era uno de los principales accesos a la casa Alcott —así era como toda la familia se refería al gigantesco *cottage* en el que se había instalado ya mi abuelo durante la mitad del siglo pasado.

Mi padre había adquirido el resto de la propiedad a sus dos hermanos, gracias a los frutos de su próspero negocio inmobiliario. Lizzy y yo heredaríamos la casa Alcott algún día y a pesar de que yo disponía de un pequeño apartamento en Londres que utilizaba sobre todo durante la semana, en los días que tenía que asistir a mis clases en la universidad, algo me aferraba a aquella antigua casa en el campo.

Todos los jueves por la tarde me instalaba de nuevo en mi antiguo dormitorio adolescente. Me gustaba pasear por el campo y mirar a través de la ventana de mi habitación. Y sentarme en el banco de piedra frente al estanque.

El sonido del agua cayendo de la boca del hipocampo solía ejercer sobre mí un intenso poder calmante.

Pero ese día fue del todo imposible.

Mi mirada se desviaba continuamente hacia la verja por la que entraban los vehículos de las visitas.

En ese momento sonó mi teléfono móvil. Me había acostumbrado tanto a ver aquel nombre en la pantalla que ni me inmuté. Quien llamaba era Robert. Mi prometido.

Lo ignoré.

Fui incapaz de responder a aquella llamada.

Y, como una aparición, en aquel momento se abrió la verja. Por el camino de piedra avanzó un Mercedes negro que conocía bien. Era uno de los coches de papá. Alistair iba al volante.

Se detuvo a solo unos metros de la entrada de casa. Desde donde yo estaba pude ver, sin ningún atisbo de duda, cómo del asiento trasero descendía el mismísimo Arthur Yardley.